La Frénésie des ombres

Fanny D

La Frénésie des ombres

Fanny D

Premier roman pour cette autrice, passionnée de criminologie et de l'étrange.

Une intrigue policière, avec un tueur en série sadique, une enquêtrice pleine de ressources et un vieux flic tout cabossé qui va tenter de se remettre en piste.

À nos secrets,

Table des matières

Préface

Marie-Jane, que ses amis appellent MJ, venait à peine d'intégrer la brigade du crime de la petite ville mystérieuse de Witchtown.

MJ n'était pas une détective ordinaire ; elle possédait un don singulier, un pouvoir secret dont elle seule avait connaissance et qui allait s'avérer être un atout précieux dans son nouveau travail.

Pour sa première enquête, elle se retrouve associée à Cooper, un ancien flic au passé tumultueux, connu pour son addiction à la cigarette et au whisky écossais. Cooper avait vu sa vie basculer il y a dix ans, le jour où sa femme avait été brutalement assassinée. Depuis, il errait, une âme en peine, tentant de noyer sa douleur dans les vapeurs de l'alcool.

Mais un jour, le fragile quotidien de Cooper est bouleversé par la découverte du corps d'une femme dans une forêt voisine. Le mode opératoire sur cette scène de crime rappelle étrangement celui du meurtre de sa défunte épouse. Pour Cooper, c'est le signal d'une douloureuse résurgence : le tueur, qui avait disparu pendant une décennie, semblait être de retour, et ce n'était que le début.

Résolu à affronter ses vieux démons, Cooper décide de se replonger dans l'enquête. MJ et lui vont vite réaliser qu'ils sont pris au piège d'un jeu morbide orchestré par un tueur méticuleux et sadique, un jeu qui poussera leurs capacités et leurs nerfs à leurs limites.

Dans cette danse macabre, la ligne entre le chasseur et le chassé se brouille, menaçant de les engloutir dans un cauchemar sans fin.

Welcome to witchtown

Il est 7 heures du matin à la gare modeste de Witchtown lorsque Marie-Jane, alias MJ, fait son arrivée.

Cette petite brune au caractère bien trempé est la nouvelle recrue de la brigade criminelle de la ville.

Elle scrute les environs à la recherche d'un café dans ce hameau délabré, en se disant que Witchtown n'est définitivement pas un endroit où il fait bon vivre. Les rues sont crasseuses, et les habitants, aussi peu engageants que des fantômes dans cette ville morne. Le climat humide et froid ne lui remonte pas le moral, surtout après son trajet depuis Londres. Cela exacerbe son malaise, mais elle est déterminée à tenir bon. Ce poste, elle en rêvait depuis des années, il n'est donc pas question de faire marche arrière. À 7 h 30, elle décide de tester le café situé au coin de la rue, avant son rendez-vous à 8 heures au commissariat avec un certain Cooper.

En entrant dans le café, MJ ne peut s'empêcher de remarquer que les clients y baissent la tête, absorbés par leur boisson, comme pour fuir le monde autour d'eux. Elle se demande dans quel endroit elle est tombée. Le café, finalement, n'est pas si mal. Cela suffira pour se sortir de sa torpeur matinale et se diriger vers le commissariat en face.

Le bâtiment est minuscule, comme figé dans le temps, avec pour seules activités notoires, deux crimes commis une dizaine d'années plus tôt.
Depuis, les enquêteurs se sont doucement engourdis derrière leurs bureaux.

MJ pénètre dans le bâtiment, ses longs cheveux noirs en pagaille, laissant entrevoir sous la frange deux yeux verts pénétrants. Elle se moque des apparences, préférant concentrer ses efforts sur l'essentiel : prouver sa valeur dans ce nouveau rôle.

"Allez, du vent, Carter ! Prends tes affaires et dégage !"

Un homme négligé hurle après un jeune officier, sa voix rauque trahissant un abus de tabac et de boisson ; son regard est lourd de tristesse et de colère.

« Quel genre de type est-ce là ? », pense MJ, interloquée. Elle s'approche de l'accueil où une jeune femme semble surprise par son entrée.

"Bonjour, comment puis-je vous aider ? Demande l'employée."

"Salut, je suis Marie-Jane Kulington. J'ai rendez-vous avec l'inspecteur Cooper."

L'homme à la voix éraillée s'approche d'elle, tendant une main tachée de nicotine. MJ recule instinctivement, l'odeur d'alcool est tenace.

"Bonjour, et vous êtes ?" questionne-t-elle avec réserve.

"Je suis Cooper. On s'est parlé au téléphone. C'est moi que vous cherchez."

« D'accord », pense Marie-Jane en son for intérieur, légèrement con-

trariée par cette première impression, mais résolue à faire équipe
coûte que coûte. Le bureau de Cooper est chaotique, encombré de papiers, un cendrier débordant posé sur le bureau et des taches de café
sur les dossiers – tout l'attirail d'un vieux flic usé par les années.

Derrière lui, un tableau couvert de photos et de notes griffonnées attire son regard, et sur le bureau, une photo d'une superbe femme
blonde aux yeux marron. Cooper remarque l'intérêt de MJ pour la
photographie :

"C'était ma femme. Si vous êtes là, c'est aussi à cause d'elle...
Le   tueur   est   de   retour."
MJ s'approche du tableau, scrutant avec attention les clichés lu-
gubres.
Dix ans se sont écoulés sans crime vraiment notable, mais le tueur
sévit de nouveau, et cette fois, elle est ici pour aider à résoudre
l'enquête.

Le retour du tueur

Cooper observait MJ avec une intensité palpable lorsqu'il prononça ces mots lourds de sens :

"Voilà pourquoi je vous ai fait venir ici. Vous êtes l'une des meilleures dans votre domaine et vous avez un don pour traquer et comprendre les esprits des tueurs" dit-il, la voix tremblante d'une lueur d'espoir renouvelée.

MJ esquissa un sourire presque ironique, inconsciente de l'effet apaisant qu'elle avait sur les gens.

"C'est vrai, je dois avoir un côté un peu tordu, mais j'ai une intuition inégalée. Rien ne me motive plus que de rendre justice aux familles et aux victimes. Attraper ces monstres est ce qui me fait me lever le matin".

Cooper hocha lentement la tête, se lançant dans l'histoire qui le hantait depuis une décennie. Dix ans plus tôt, sa femme Suzanne avait été brutalement assassinée. Son corps avait été retrouvé dans une forêt, à dix kilomètres de leur domicile, la bouche cousue, pieds et mains liés, caché dans un arbre creux.

À l'époque, l'enquête n'avait mené nulle part. Aucun ADN, pas de traces pertinentes et le sol recouvert de feuilles mortes rendirent les choses encore plus difficiles. Ce fut un véritable casse-tête pour la police, avec la scène de crime soigneusement scénarisée. Cooper se souvint du moment où il avait découvert le corps, ignorant qu'il s'agissait de celui de Suzanne.

Cette nouvelle bouleversante l'avait plongé dans dix ans d'isolement, de confusion et d'obsession, noyant son chagrin dans l'alcool et le tabac, se perdant dans des recherches qui ne menaient nulle part.
Dix ans plus tard, le cauchemar recommençait. Une autre victime, le même modus operandi, des questions sans réponses. MJ prit possession du dossier, résolue à ne laisser aucun détail lui échapper. Elle passa la nuit à examiner chaque photographie, chaque morceau d'information. À l'aube, elle s'était engagée à résoudre cette affaire. Mardi 8 janvier, 7 heures du matin. MJ, émergeant d'un sommeil troublé par des images dérangeantes, se hâtait de se préparer pour la journée.

Le café fort qu'elle engloutit ne parvint pas à chasser sa fatigue, mais aiguisa sa détermination. Revisitant les détails du meurtre de Suzanne, MJ se demanda pourquoi le corps avait été caché dans un arbre creux. Cela symbolisait-il quelque chose ? Était-ce un message codé ? La nouvelle victime, Cristine G., partageait plusieurs points communs avec Suzanne. Même âge, même profession exercée à l'hôpital de Witchtown, et également mariée à un policier. Un pattern semblait émerger. Elle continua son enquête avec Cooper au poste.

"Salut, j'ai parcouru le dossier au moins cent fois hier soir, annonça-t-elle. Le tueur choisit clairement ses victimes selon un profil spécifique".

"Tu sais qui était Cristine, pas vrai ?" demanda-t-elle.

Cooper, le visage sombre d'une mélancolie ancienne, acquiesça.

"Elle travaillait avec ma femme"répondit-il.

MJ et Cooper se dirigèrent vers la scène du crime. Comme pour la première victime, le cadavre avait été caché dans un arbre creux. Le meurtre avait un caractère rituel, poussant MJ à se demander si le tueur était hanté par un passé tortueux. Les preuves étaient rares. De nouveau, le sol recouvert de feuilles dissimulait toute trace exploitable.

Cooper, d'humeur sombre, prit du recul et revint à la voiture, submergé par la douleur des souvenirs de Suzanne.

" On se retrouve chez Élio ! " proposa-t-il.

Élio était plus qu'un pub pour Cooper ; c'était son refuge, l'endroit où il avait passé tant d'heures à se ressasser l'enquête dans sa tête. Longtemps considéré comme le meilleur policier du coin, Cooper était devenu presque un paria. Le drame l'avait transformé, voilant son ancienne vie de succès et de bonheur. Ils firent face aux éléments connus de l'affaire.

" Il y a un lien avec un secret" affirma MJ. Les crimes nous disent quelque chose, la bouche cousue, le corps dans l'arbre… Quelque chose réclame notre attention ici.

Ce fut MJ qui lui rappela l'existence d'une ancienne secte. Le nom même de la ville, Witchtown, évoquait des histoires de sorcellerie et de sectes occultes. Était-ce en lien avec le meurtrier ?

Cooper était perplexe par ce lien possible avec la secte disparue, Styx. Et il y avait cet homme sur la photo d'archive, si étrangement familier. Ils retournèrent aux archives, obnubilés par la recherche de détails supplémentaires sur la secte. Mais une nouvelle tragique interrompit leurs investigations.

Un autre meurtre, en plein jour. Le corps de la victime avait été abandonné, une amulette ancienne retrouvée dans sa bouche. La journée prit fin chez Cooper, sombre et empreinte de solitude. L'obscurité de sa maison reflétait ses années de chagrin. MJ, détective intuitive, mais aux prises avec ses propres démons, alla au laboratoire.

Le mystère s'épaississait, mais les résultats des tests ADN recueillis révéleraient peut-être une vérité jusqu'ici insoupçonnée.

Un indice de taille

Cooper se tenait dans le couloir sombre du commissariat lorsque Jones l'appela d'un ton pressant.

" Cooper, je dois te parler seul à seul, s'il te plaît".

Avec une gravité palpable, Jones posa une main rassurante sur l'épaule de Cooper, offrant un soutien silencieux avant de se plonger dans les révélations troublantes que l'équipe scientifique avait découvertes.

"Écoute-moi bien, il faut que tu t'assoies avant d'entendre ce que j'ai à te dire. Cela ne va pas être simple".

Cooper, le cœur battant à tout rompre, sentit un frisson d'appréhension parcourir son échine :

" Jones, tu me fais peur".

Jones se tourna vers lui, tenant un document qu'il tendit avec précaution.
" C'est le test ADN. Il montre clairement que le tueur, enfin... que les traces trouvées sur le médaillon dans la bouche de la victime... ont un lien avec l'ADN de ta femme".

La stupeur figea Cooper, alors que le choc de cette déclaration s'enfonçait dans sa conscience.
" Quoi ? Mais c'est quoi ce bordel ? C'est une mauvaise blague, c'est ça ? Comment peut-on avoir son ADN ? Le test doit être erroné,

il y a eu une erreur, ce n'est pas possible, qu'est-ce que c'est que cette histoire ?". Sa voix se brisa, et il enfouit sa tête dans ses mains.

MJ, alerté par le cri de stupeur de son collègue, se précipita à leurs côtés. Jones lui expliqua à demi-mot que l'ADN de Suzanne avait été relié à celui d'un autre homme, nécessitant de nouvelles analyses à travers une base de données plus vaste.

Cette découverte ébranla profondément toute l'équipe. Il devenait indéniable que Suzanne avait un lien avec le tueur.

Une partie du secret se dévoilait, mais il restait encore tant à découvrir : les liens entre Suzanne et cet homme, l'identité de l'homme sur la photo, le mystère du médaillon et les vérités cachées derrière toute cette affaire.

Pour Cooper, l'idée que sa femme puisse avoir eu un passé secret était bouleversante. Avait-il vécu dans l'ignorance de cette femme qu'il pensait connaître ?

Suzanne, respectée dans leur communauté, toujours un sourire radieux pour la messe dominicale et le bénévolat du jeudi, cachait-elle vraiment un tel secret ?

Le lendemain matin, Cooper et MJ reprirent leur enquête, enveloppés par une atmosphère lourde de mystères non résolus.

Pouvait-on réellement être dupé si longtemps par quelqu'un que l'on aime ? Les secrets de Suzanne étaient-ils aussi sombres ?

Déterminée à en apprendre plus, MJ s'immergea dans les archives de la ville, retraçant les pas de Suzanne depuis sa naissance jusqu'à sa mort.

Le parcours familial semblait tragique ; sa mère était infirmière et son père, décédé avant sa naissance. Sa famille avait toujours résidé dans cette ville, s'enracinant sur plus de deux cents ans d'histoire locale.

Les femmes, parfois persécutées pour sorcellerie selon le folklore, étaient intégrées à l'histoire de la ville.

Les hommes, quant à eux, paraissaient maudits par un destin tragique, puisque tous étaient morts de manière prématurée ou accidentelle, un lien étrange que Suzanne, d'une certaine façon, avait coupé par son propre décès.

MJ poursuivit son enquête à l'hôpital, découvrant une note confidentielle dans le dossier médical de Suzanne. Il y était mentionné la naissance d'un enfant, il y a trente-sept ans, dont le père demeurait inconnu.

"Putain !"s'exclama MJ, réalisant le lien de parenté évident.

Le fils disparu de Suzanne pourrait-il être l'homme qu'ils cherchaient ? L'urgence de partager cette découverte avec Cooper s'imposait.

Mais comment briser ce secret sans détruire ce qu'il restait de ses souvenirs ?

Assumant le poids de ces révélations, MJ comprit que l'hôpital et même peut-être l'église avaient dû préserver ce secret pendant des décennies.

Qui était réellement le père de cet enfant ? Cooper était-il au courant ?

Le pendentif

La lune brillait faiblement lorsque MJ se retrouva devant la maison de Cooper.

Le quartier était plongé dans une obscurité enveloppante, et le silence nocturne n'était que ponctué par le doux tic-tac de l'horloge indiquant déjà 22 heures.

Elle savait que à cette heure, elle le trouverait sûrement adossé confortablement dans son canapé, un verre de bourbon à portée de main, les volutes de fumée d'une cigarette s'élevant pensive autour de lui.

Alors que MJ empruntait le sentier menant à la porte, elle fut interrompue par des éclats de musique et de rires étouffés, perçant momentanément le calme de la nuit.
Ses inquiétudes montantes l'étreignaient, mais elle les maîtrisa, ouvrant doucement la porte pour se glisser à l'intérieur, accueillie par l'ombre protectrice.

Cooper, en effet, était affalé sur le canapé, les yeux perdus dans ses pensées, mais rivés sur l'écran de télévision. En noir et blanc, défilaient des extraits flous de son mariage passé.
L'air était dense et chargé de fumée, un cendrier débordait sur la table basse, témoin d'une veillée troublée et agitée.

" MJ, viens voir !" l'appela Cooper d'une voix rauque.

Regarde cet homme à l'écran. Il était au mariage, mais je n'ai aucun souvenir de lui, je ne saurais dire qui c'est. Il désigna l'écran, l'invitant à partager ce mystère. MJ fixa l'homme grand et énigmatique, un détail captant son attention : un pendentif autour de son cou, miroir exact de celui retrouvé sur leur récente victime.

"Intrigant, demain, il faudra fouiller dans les archives et aller à l'hôpital voir si quelqu'un pourrait l'identifier." approuva MJ.

Cet inconnu ne pouvait passer inaperçu avec sa stature imposante, ses cheveux blonds flamboyants, et surtout, ses yeux inoubliables, l'un marron, l'autre bleu. Une telle silhouette ne s'effacerait pas facilement de la mémoire de quiconque. Il était clair qu'ils avaient besoin de repos. Leurs esprits pourraient bénéficier d'une nuit de sommeil avant de replonger dans les profondeurs obscures de cette enquête déconcertante. À l'aube, réchauffés par de généreuses tasses de café noir, les deux enquêteurs se mirent en route, animés par une nouvelle résolution.

"On commence par les archives de l'église et de l'hôpital ?" proposa MJ.

Chez l'archiviste de l'église, une découverte déroutante les attendait : un dossier crucial avait mystérieusement disparu il y a dix ans. Ce document contenait des informations sur les adoptions de la paroisse.

« Étrange », réfléchit MJ en silence. « Dix ans... Cela coïncide avec le premier meurtre. Ce dossier doit être lié au secret de Suzanne. Pour l'instant, je garde cela pour moi. »

Chaque découverte semblait ajouter des couches à l'énigme, des chemins à explorer pour, peut-être, enfin révéler une vérité bien cachée.

MJ, dans ses recherches intensives, trouva une photographie de l'homme de la vidéo du mariage de Cooper.

Au dos, un nom : « aile psychiatrique, Dr Michael Kreger » accompagné d'une image d'une jeune infirmière...Suzanne.

Enfin, un nom pour ce visage, mais ni MJ ni Cooper ne le reconnaissaient. Ils découvrirent que Dr Kreger était un donateur généreux de l'église locale ; sa famille comptait parmi ses membres d'anciens adeptes d'une célèbre secte de Witchtown.

Une nouvelle piste s'offrait à eux, une lumière dans l'obscurité de leur enquête. Le pendentif trouvé sur le lieu du crime était-il lié à ces meurtres ?

"Rassemblons tout ce que nous avons." suggéra MJ, résolue. "Il est temps de retourner au poste Cooper."

Plus tard dans la matinée, au bureau, ils commencèrent à accrocher tous les indices : photos de la scène du crime, image du pendentif, résultats ADN, portraits du Dr Kreger et de la jeune Suzanne.

"Il nous faut voir si ce Dr Kreger est toujours vivant" suggéra MJ. "Selon nos fichiers, il a eu des ennuis avec la justice à treize ans pour vol, et il a disparu il y a dix ans... la veille du meurtre de ta femme, Cooper."

“Ça semble trop gros pour être une coïncidence, tu ne crois pas ? Suzanne t'a-t-elle jamais parlé de lui ? Penses-tu qu'ils étaient toujours en contact ?”

Une sonnerie de téléphone retentit soudainement. C'était Jones :

“Cooper, il faut que tu viennes tout de suite. On a une nouvelle victime... C'est Mme Robinson, l'archiviste.”

Cooper et MJ étaient sous le choc ; ils l'avaient vue deux heures plus tôt seulement.

“ Apparemment, quelqu'un nous surveille et veut nous empêcher de creuser sur cet homme.” pensa MJ à haute voix.

À l'aveugle

En arrivant sur la scène du crime, les inspecteurs étaient en proie à une culpabilité dévorante. Impossible de ne pas se demander si leur récente visite aux archives n'a pas incité le meurtrier à s'en prendre à cette femme qui n'était là que pour accomplir sa tâche.
La victime repose, recroquevillée en position fœtale. Ce qui frappe immédiatement les inspecteurs, c'est l'absence de son utérus, cruellement prélevé.

Dans sa main, un étrange dessin flotte comme un dernier message : une abeille encadrée par deux yeux, identique au pendentif découvert précédemment. Pas de traces de lutte visible ; elle devait être endormie avant l'attaque.

Un prélèvement est effectué sans délai et envoyé au labo pour analyse.
Le corps est exposé sur le perron du bâtiment, à la vue de tous, dénudé. Ses yeux sont délicatement fermés, et sur sa tête, un morceau de tissu déchiré provenant de sa jupe repose.

MJ soulève précautionneusement la tête de la victime et découvre que sa bouche a été cousue.
Le tueur suit un rituel méticuleux, un message clair : certains secrets doivent rester enfouis. Soudain, MJ est prise d'un vertige et s'effondre. Elle est traversée par une sensation d'étouffement, suivie de visions fugaces d'une silhouette masculine, petite, entourée de pleurs et d'une colère intense.

Cooper, son collègue, la ramène chez lui pour qu'elle se repose. Il la dépose délicatement sur le canapé, puis lui prépare une tasse de thé.

"Repose-toi, MJ. Tu te surmènes. Prends au moins une journée de pause." lui conseille-t-il avec sollicitude.

La soirée se déroule tranquillement chez Cooper ; il commande de la nourriture chinoise, en disant :

" Ce soir, on se détend, d'accord ? On a besoin de clarifier nos esprits. Le tueur nous observe, donc évitons de mettre d'autres personnes en danger. Son rituel, la signification de cette position fœtale, tout semble lié à la naissance, voire à son enfance... » réfléchit MJ.

« L'abeille, symbole de la reine de la ruche, dénote un aspect sectaire, proche d'un culte.
Est-ce lié à la secte de ce Dr Kreger ? La bouche cousue, c'est assurément pour garder un secret. Ce qui m'intrigue, c'est que tous ces meurtres sont liés, d'une façon ou d'une autre, à Suzanne » ajoute-t-elle.

MJ se tourne vers Cooper, déterminée.

"Il est temps que je te dise quelque chose qui risque de te bouleverser, mais qui pourrait faire avancer notre enquête."

Elle marque une pause, puis reprend :

"Suzanne a eu un enfant, il y a environ trente ans. Vous vous êtes mariés peu après l'adoption de cet enfant par l'Église. Était-ce quelque chose que tu savais ?"

Cooper blêmit et tombe lourdement sur le sofa.

"MJ, Suzanne m'a dit que ce bébé était mort, qu'elle avait fait une fausse couche… Elle avait subi une agression, mais ne m'en a jamais parlé et n'a pas porté plainte."

MJ est stupéfaite :

" Pourquoi ne m'as-tu pas informée de cette agression ? Cela pouvait être une piste."

Cooper, accablé, répond : "Elle ne m'a jamais dit plus que ça, et cela lui faisait tellement de peine d'en parler que j'ai préféré ne pas insister."

"Je suis désolée, Cooper, mais visiblement, elle t'a caché certaines choses."

Le téléphone sonne : c'est le laboratoire. Le produit utilisé pour endormir Mme Robinson est le même que celui utilisé en psychiatrie pour calmer les patients : des benzodiazépines.

"Bon sang, Cooper ! C'est Kreger ! Il est encore en vie, caché quelque part. Il faut le trouver avant qu'il ne passe à l'acte de nouveau. Demande au labo s'il y a un ADN autre que celui de la victime."

"Oui, répond le Dr Abrahams, le légiste, mais nous n'avons pas à qui l'associer dans nos bases de données. Les prélèvements d'ADN n'existaient pas à l'époque où Kreger a été arrêté pour vol à l'étalage à treize ans. Nous chassons un véritable fantôme."

Dans le silence lourd de la pièce, MJ et Cooper échangent un regard chargé de détermination. Chaque minute compte dans leur quête de justice. Cooper, encore sous le choc des récentes révélations, reprend son calme.

" Il faut enquêter sur cette secte, trouver ses membres. Suzanne a sûrement laissé des indices derrière elle." MJ acquiesce.

"Si Kreger est lié à la secte, ils savent où il se cache. Chaque symbole, chaque rituel est potentiellement une piste." Cooper retrouve son aplomb.

"Nous devrions retourner aux archives. Il se pourrait qu'ils contiennent des documents non numérisés qui nous ont échappé. Même si cela implique de revisiter le passé douloureux de Suzanne, il le faut" dit—il.

La nuit se passe sans sommeil pour Cooper. Il se remémore ses jours avec Suzanne, les souvenirs heureux mêlés aux secrets pesants. Il comprend que leur salut réside peut-être dans ces réminiscences confuses.

Au petit matin, MJ et Cooper retournent aux archives l'endroit empreint d'une aura mystérieuse. Ils fouillent minutieusement les vieux documents. MJ découvre enfin quelque chose d'anormal : une liste de membres de la secte, datant de l'époque où Suzanne était impliquée. Kreger y figure, mais un autre nom attire aussi son attention.

"Regarde, Cooper. Tu reconnais ce nom : William Tremblay."

Cooper fronce les sourcils, tentant de remettre un visage sur ce nom du passé.

"Oui, il était souvent avec Suzanne, mentionné furtivement. Il devait la protéger…"

Ils cherchent frénétiquement William Tremblay dans tous les registres possibles, à la recherche du moindre lien actuel. Une recherche intensive révèle sa localisation dans une petite ville à proximité. Ils n'hésitent pas, montent dans la voiture et se lancent sur la route. Le bruit des pneus sur le bitume martèle comme le pouls rapide de leur anxiété.

Chaque kilomètre les rapproche inexorablement d'une confrontation avec un passé qu'ils avaient cru définitivement enfoui. Devant une maison modeste et légèrement délabrée, ils découvrent une porte entrouverte, leur présageant le pire.

Un dernier regard échangé, Cooper serre la main de MJ pour lui insuffler du courage, puis ils avancent ensemble, conscients que chaque pas les plonge plus profondément dans le mystère laissé par l'ombre de Kreger.

La pénombre

MJ et Cooper s'aventurent prudemment dans les ténèbres oppressantes de la maison. Une odeur fétide saturait l'air, leur assaillant les narines d'une puanteur suffocante, semblable à une promesse de désespoir. Cooper, le visage crispé, murmura avec une voix tremblante en se pinçant le nez :

"Je connais cette odeur. C'est celle de la mort. MJ, appelle du renfort, il y a sûrement un cadavre ici."

Ils progressèrent lentement, leurs pas feutrés résonnant dans le silence pesant du salon. Les meubles, recouverts d'une couche épaisse de poussière, semblaient figés dans le temps, témoins d'années de négligence.

Un bourdonnement incessant de mouches animait la pièce, dansant au-dessus d'une large flaque de sang sur le tapis. Le liquide pourpre suintait du plafond, éclaboussant Cooper, qui frissonna à ce contact glacial et visqueux. Cooper gravit silencieusement les escaliers, MJ sur ses talons.

« Reste discret », lui souffla Cooper.

Au premier étage, des cadres accrochés aux murs révélaient des photographies de Suzanne, aux côtés d'un homme nommé Tremblay. Un enfant apparaissait sur certaines d'entre elles.

Des jouets éparpillés et un berceau décrépi murmuraient une tragédie silencieuse. Cooper se tourna vers MJ, stupéfait :

“Qu’est-ce que c’est que ce bazar ?” dit—il.

En ouvrant une porte dissimulée par les ombres, Cooper découvrit une scène effroyable : Tremblay pendu au plafond, la bouche horriblement cousue, la cage thoracique ouverte affichant une absence de cœur. L’horreur de la scène fit vaciller Cooper, qui vomit sous le choc.

“Mon Dieu, c’est dégoûtant... MJ, c’est Tremblay ! Quelqu’un l’a tué avant notre arrivée !”

Le choc les laissa interdits tandis que la scène se transformait rapidement en un véritable périmètre de crime, avec l’arrivée des policiers.

Alors que les experts de la police scientifique commençaient leur travail, MJ fouillait méthodiquement les lieux. Pendant ce temps, Cooper, en quête d’évasion, se retira sur le porche. Ses pensées étaient hantées par l’atmosphère inquiétante persistante à l’intérieur. Parmi des photos de famille, Cooper trouva une terrible énigme.

L’une d’elles, représentant Suzanne avec Tremblay et l’enfant, portait une inscription mystérieuse : « Tim, notre bien-aimé fils de la lumière. » Où se trouvait cet enfant aujourd’hui ? Était-il réellement le fils de Tremblay, où Suzanne menait-elle une double vie ?

Les souvenirs se bousculèrent en lui, tentant de rassembler les pièces du puzzle : les mystérieuses absences nocturnes de Suzanne, ses séminaires apparemment anodins, ses voyages impromptus. Mais qui était-elle vraiment ?

Dans sa recherche, MJ découvrit une lettre précieusement cachée derrière une photographie. Écrite par Tremblay, elle révélait des secrets troublants :

"Il n'était pas de moi, c'était un monstre à mes yeux... Elle seule connaît la vérité. Il est encore vivant, et son père aussi. Un jour, la vérité éclatera, et il se vengera... Suzanne, je te rejoindrai, ma reine, ma lumière ; la ruche nous appelle."

Avec cette lettre, le mystère autour de Suzanne s'épaississait encore, et Cooper décida qu'il était temps de partager ces découvertes avec leurs collègues.

"Cooper, il faut qu'on procède à une analyse ADN sur Tremblay, proposa MJ, déterminée. Si ce n'est pas son fils, nous pourrons l'écarter des suspects. Maintenant, il semble évident que nous avons affaire soit à Kreger, soit au fils de Suzanne."

" Viens, MJ, allons chez Élio. J'ai besoin de boire... sérieusement" marmonna Cooper, luttant intérieurement contre ses démons alcooliques.

Chez Élio, Cooper se noya dans ses habitudes destructrices. MJ, prise entre la compassion et le désir de le secouer, garda une distance prudente.

" Cooper, ressaisis-toi ! Nous avons des pistes claires maintenant. Tu veux découvrir ce qui est arrivé à ta femme, non ?"

" Je ne sais même plus si c'était vraiment ma femme. Pourquoi m'a-t-elle fait ça ?"

“Ce n’est pas le moment de te plaindre. Concentre-toi, bougeons ! Cherchons s’il reste des membres de l’ancienne secte encore en ville, et retrouvons-les. Allez, bois de l’eau et mange quelque chose, vite !”

Après des heures de recherches intenses au bureau, un nom surgit : Mélissa Mého. Un lien intrigant se dessinait.

“Tu sais, Cooper, qu’en grec, « Mélissa » signifie « abeille »... Que signifie cela ? Retrouvons-la. Elle doit être âgée d’environ soixante-dix ans. J’espère que sa mémoire est intacte. Elle a rejoint l’église après la secte, sans doute pour expier ses fautes.”

Lorsqu’ils atteignirent le couvent disant, MJ interrogea une sœur.

“Sœur Mého, s’il vous plaît.”

“ Elle travaille au potager, là-bas, indiqua calmement la sœur.”

MJ et Cooper suivirent cette direction, découvrant une vieille femme frêle, les cheveux subtilement tenus par une pince en forme d’abeille.

“Bonjour, Mélissa, salua MJ.” Le sourire doux de la femme laissait place à une révérence calme.

“Sœur Mého, je vous prie, répondit-elle avec douceur, pourrions-nous discuter de la secte dont vous faisiez partie ?”

MJ l'observait attentivement. Mélissa répondit avec une inflexion grave dans la voix :

" Oh, ça... oui, venez. Prenons le thé dans l'orangeraie, c'est plus tranquille.

Installée dans un cadre luxuriant et parfumé, sœur Mého versa le thé avec grâce.
Elle jaugea Cooper du regard.

"Vous, je vous reconnais, n'est-ce pas ?" dit elle

"Vous connaissiez Suzanne, ma femme" répondit-il, la gorge serrée.

"Suzanne... une femme admirable, soupira Mélissa, le regard brillant de nostalgie. Quel malheur ce qu'il lui est arrivé ! La domination de Kreger sur elle était terrible..."

"Kreger ?" s'étonna Cooper, avide de détails.

"Oui, Kreger... Ils étaient liés depuis leur enfance. Un amour tourmenté, le leur. Tremblay était son collègue à l'hôpital, son soutien indéfectible. Mais il était également impliqué dans notre cercle. Ce n'était pas une secte pour nous, mais une famille. Une famille qui non seulement partageait des histoires, mais vivait des traditions ancestrales. Après la dissolution de notre groupe, nombreux sont ceux qui ont cherché refuge au sein de l'Église."

Cooper retint son souffle, absorbant les révélations. Sœur Mého poursuivit, sa voix pleine de résonance :

"Je me souviens de Suzanne, enceinte, radieuse. L'enfant fut confié par moments aux religieuses avant que Tremblay et elle ne reprennent sa garde. Il avait des yeux si particuliers : l'un bleu et l'autre marron, comme son vrai père, Kreger." Un silence empli d'émotion s'abattit sur eux.

"Il grandit loin de son père. Je me souviens qu'il y a onze ans, avant le meurtre de Suzanne, nous avons reçu une lettre étrange d'un jeune homme nommé Tim ou Tom… Elle disait qu'un jour, la vérité émergerait et que ceux prétendant la connaître paieraient. Et il y avait une histoire de papillon... Puis Suzanne est morte, continua Mélissa, sortant une lettre de ses souvenirs. Prenez ça. Peut-être qu'un jour, cela vous éclairera, je l'ai toujours eu sur moi."

Cooper, les mains tremblantes, prit la lettre tendue par sœur Mého. Elle portait une écriture nerveuse, de jeunes lignes maladroites et puissantes à la fois, comme criées par un cœur en tourmente. Il hésita un moment avant de l'ouvrir, le papier lui semblant brûlant, chargé d'une vérité explosive qu'il redoutait et espérait à parts égales. La lettre débutait par un salut simple, presque enfantin, mais plongeait rapidement dans un tourbillon d'émotions confuses. Maman me disait que je devais être fort comme un papillon sortant de sa chrysalide, pouvait-on y lire.

En lisant ces mots, une pellicule de sueur froide se forma sur le front de Cooper. Il revint sur les mots précédents de Mélissa, le visage de

Suzanne s'imposant à son esprit. Les charades énigmatiques sur l'identité véritable du fils de Suzanne s'entremêlaient maintenant avec de nouveaux signes troublants.

Cela ressemble à une sorte de poème... Mon doux papillon, ta lumière m'accompagne à travers le temps et l'espace. Un jour, nos chemins s'entrelaceront de nouveau dans le jardin des éternels. Peut-être un message caché.

"Je pense que c'est Tim, l'enfant de Suzanne et Kreger, qui l'a écrit." Qui pourrait prédire que celui-là serait devenu une figure centrale dans cette intrigue étrange ?

" Certainement que ce jardin des éternels a une signification particulière pour lui... ou pour eux ? " suggéra MJ, curieuse et attentive à la moindre indication.

Cooper lut à voix haute la suite du texte, espérant que les mots révéleraient un début de solution :

"Si un jour l'ombre de mon passé venait à t'approcher, souviens-toi de nos nuits à contempler les étoiles, l'immuable souvenir entre les sphères célestes. Ne crains rien, car ma lueur te guidera toujours" MJ et Cooper se fixèrent, chacun cherchant à comprendre le message contenu dans cette prose. Un silence lourd s'abattit, tandis qu'ils laissaient libre cours à leurs pensées."

"Les étoiles" murmura Cooper, il y a sûrement un indice là-dedans. Quelque chose à propos du passé... de cet endroit où Suzanne aimait aller.

"Peut-être que le lien est ici, dans cette lettre" ajouta MJ, réfléchissant à la possibilité d'un lieu secret que Suzanne et Tim partageaient. Les sphères célestes pourraient être un code, un point de rendez-vous... Un endroit qui leur était cher.

Il y avait quelque chose de plus profond à découvrir, un secret bien gardé attaché à ces mots poétiques. Mais par où commencer leurs recherches ? un souvenir éclaira Cooper.

"Elle parlait souvent d'un vieil observatoire abandonné en périphérie de la ville" se rappela-t-il soudainement.

"C'était là-bas qu'elle allait après ses séminaires, pour réfléchir et échapper à la réalité. Je suis sûr que cela mérite qu'on s'y intéresse de plus près."

"Allons-y" répondit MJ avec détermination. "Nous devons jeter un œil à cet endroit. Cela pourrait être le nœud de cette histoire, où tout a commencé et où tout pourrait se terminer."

Dans un accord tacite, ils prirent congé de sœur Mého, la remerciant chaleureusement pour son aide. Les révélations obtenues grâce à elle n'avaient fait qu'épaissir le mystère, et le besoin pressant de lever le voile sur cette affaire était palpable.

"Que la paix soit avec vous" leur dit-elle en guise d'adieu, un regard empreint de sagesse et de sincérité. Tandis qu'ils prenaient la route vers le vieil observatoire, Cooper sentait une tension croissante au fond de lui, une intuition que cette nuit réserverait encore bien des surprises.

La route sinueuse les mena vers l'observatoire qui se dressait modestement contre l'horizon. Le bâtiment vétuste fusionnait avec le paysage nocturne, mal éclairé par la lune. Ils avancèrent prudemment à travers la végétation qui avait repris ses droits autour des lieux.

« C'est un endroit parfait pour se cacher », observa MJ en scrutant l'obscurité. « Personne n'y mettrait un pied sans une bonne raison, c'est un trou perdu. »

Les battements de cœur de Cooper s'accéléraient tandis qu'ils pénétraient dans le bâtiment silencieux. Une odeur de moisissure flottait dans l'air et leurs pas résonnaient sur le sol usé. En progressant vers la salle principale où le télescope rouillé dormait, ils découvrirent que l'endroit avait été récemment visité. Des papiers éparpillés et une lampe de poche éteinte trahissaient une présence actuelle. MJ leva la tête vers la coupole ouverte de l'observatoire :

"C'était donc ici... " Un bruissement derrière eux attira leur attention.

Dans l'ombre, une silhouette émergea lentement, son visage partiellement éclairé par la lumière lunaire. Un homme d'un âge avancé, mais dont les yeux brillaient d'une détermination inextinguible. Il paraissait surpris, comme cueillit à l'instant, visiblement, il ne s'attendait pas à voir une âme ici.

"Qui êtes-vous ? demanda Cooper, d'une voix forte pour masquer sa surprise.

L'homme sourit, révélant une apparence presque bienveillante.

"Je suis le grand roi de la ruche éternelle, et vous êtes enfin arrivés. Bienvenue dans le jardin des éternels, Cooper,enfin, tu es venu."

Le mystère venait de basculer dans une nouvelle dimension, Cooper et MJ se retrouvèrent face à face avec celui autour de qui tout tournait depuis si longtemps.

La ruche éternelle

Le silence qui s'ensuivit était oppressant, presque palpable. Cooper et MJ restèrent immobiles, observant l'homme qui se tenait devant eux avec une intensité quasiment surnaturelle.

Sa proclamation d'être le « grand roi de la ruche éternelle » semblait à première vue absurde, peut-être le fruit d'un délire, mais il y avait dans sa posture une autorité troublante, une vérité enfouie dans l'ombre.

" Qui êtes-vous vraiment ?" lança Cooper, déterminé à percer le mystère de cet individu énigmatique au cœur de leur investigation.

L'homme esquissa un sourire à mi-chemin entre la sérénité et la malice.

"Je suis le gardien des secrets enfouis dans ces murs. Cooper, tu cherches la vérité depuis trop longtemps. Tu es sur le point de la découvrir."

MJ serra sa lampe de poche, ses doigts blanchissant autour du métal froid.

Pourquoi cet endroit ? Quel rapport avez-vous avec Suzanne ? L'homme se détourna lentement, levant une main vers le ciel étoilé que l'on apercevait à travers la coupole du bâtiment.

"Ici, les étoiles ont toujours été une source d'inspiration pour ceux qui cherchent la vérité. Suzanne venait ici pour trouver des réponses. Nous nous sommes trouvés l'un l'autre. L'odeur de sa peau,

42

les nuits de cet amour doux et embrasé, tout est encore gravé dans ma mémoire ainsi que notre fils.”

Entendant ces mots, Cooper sentit une douleurfamilière monter en lui.

“Kreger!”murmura t’il.

Le visage de l’homme se durcit.

“Suzanne était à moi, elle croyait en un monde meilleur, façonné par la lumière que nous portons tous en nous. Mais cet imbécile de Tremblay l’a détournée de ce chemin.” cria t’il.

“ Tremblay ?vous a enlevé votre fils et Suzanne ? Où est Tim ?” demanda MJ, sa voix vibrante d’un désir fervent de comprendre.

“ Oui, répondit-il doucement. Nous voulions rester ensemble, mais il a brouillé son esprit.” Cooper, animé par une détermination mélancolique,s’avança d’un pas.

“Qui était Tim pour vous ?

Les yeux de l’homme s’embrouillèrent de souvenirs poignants.

“Tu sais très bien qu’il est mon fils, mon fils et celui de Suzanne, mon amour.”

“Où est-il maintenant ? La voix de Cooper résonna dans l’observatoire vide,empreinte d’angoisse.

L'homme baissa les yeux, une tristesse profonde obscurcissant ses traits.

" Il erre entre deux réalités, là où vont souvent les âmes innocentes. Il est en sécurité. Mais nous ne devons pas perdre de temps, car même si les étoiles guident nos pas, elles ne peuvent vaincre la tempête qui approche."

MJ et Cooper croisèrent les regards, ressentant à la fois l'urgence et le potentiel contenu dans les mots de cet homme mystérieux. Ils comprirent qu'une décision s'imposait : suivre les conseils de Kreger pour retrouver Tim coûte que coûte, ou rebrousser chemin vers la sécurité incertaine de la ville.

La décision s'imposa d'elle-même. Cooper s'avança, résolu.

"Dites-nous où il est."
L'homme acquiesça et indiqua une ouverture dissimulée, menant vers les profondeurs inexplorées de l'observatoire.

Le passage était sombre et isolé, mais c'était leur seul espoir de découvrir la vérité. MJ, prête à affronter ce voyage imprévu, emboîta le pas à Cooper, ses sens en éveil. Elle sentait qu'au-delà de l'obscurité de cette quête, une lumière révélatrice était sur le point de se manifester.

Ils pénétrèrent dans les ombres du passage, découvrant sur les murs une fresque qui ressemblait étrangement à un pendentif que Cooper connaissait bien. Leur progression les mena à une pièce souterraine, ornée de photos de Cooper, Suzanne, et Tremblay, ainsi que d'images de MJ à la gare.

L'endroit était étonnamment propre et accueillant, ressemblant à un appartement secret, avec un canapé et un lit. Assis dans un fauteuil, un jeune homme leur tournait le dos. Ses cheveux étaient d'un blond lumineux. Lorsqu'il se retourna, les enquêteurs furent frappés de stupeur : ses yeux vairons les fixaient avec insistance. Kreger ferma la porte et murmura au jeune homme :

"Amuse-toi, mon cœur !

Le verrou tourna dans la serrure. L'angoisse montant d'un cran, MJ et Cooper   réalisèrent qu'ils avaient trouvé Tim. Ils étaient piégés avec lui...Tim leur fit face, ses traits déformés par une rage contenue :

"Vous me cherchiez ? Me voilà. Je suis le fruit d'un amour que vous avez brisé, vous et ce misérable Tremblay, par votre faute et celle de cette femme, ma génitrice, qui m'a abandonné." Sa voix, oscillant entre colère et émotion, frappa Cooper.

"Regarde-moi, je suis bien. Elle est auprès de la lumière de Dieu, le diable est mort, et je suis avec la seule personne qui m'aime, mon père." Cooper tenta une approche douce :

"Tim, ta mère t'aimait, tu le sais. Il t'a raconté des mensonges. Tu as vécu avec elle et Tremblay dans une maison pleine d'amour, tu ne te souviens pas ?"

Tim éclata de rire, un son amer résonnant dans la pièce :

"C'était le diable. Mon père venait la nuit, à ma fenêtre, pour me mettre en garde contre cet homme qu'elle avait choisi, un homme fou qui me battait. Je me suis vengé d'elle, car elle n'a rien fait. Cette sorcière a ruiné nos vies. Il poursuivit, les souvenirs remontant à la surface.
" Je l'ai tuée, elle et ce traître, Cristine aussi. Tous complices."

MJ, sentant la situation devenir critique, resserra sa prise sur sa lampe. Elle remarqua une lame dans la poche du jean de Tim :

" Cooper, regarde" murmura-t-elle, indiquant le pendentif autour du cou de Tim.

"Ce pendentif… C'était celui de ma mère, vous étiez trop ivre pour le remarquer."

La révélation frappa Cooper avec force, le plongeant dans un tourbillon d'émotions contradictoires et amères. Cooper, bouleversé, tomba à genoux, en larmes. Tim l'observa avec dédain :
" Regarde ce qu'elle a fait de toi, pauvre bête blessée."

MJ, cherchant une sortie, réalisa que la porte n'était pas totalement verrouillée. Elle utilisa sa lampe pour assommer Tim par surprise.

"Vite, Cooper, aide-moi !", dit-elle, récupérant un barreau métallique qui était au sol pour forcer la porte. Ensemble, ils réussirent à l'ouvrir.

Ils s'élancèrent dans le tunnel, regagnant l'observatoire, mais Kreger avait disparu. MJ contacta immédiatement le capitaine Jones :

" Capitaine, venez vite. Nous avons trouvé Kreger, et nous avons ce taré de Tim. Mais Tim, semblable à une bête, surgit et poignarda Cooper à l'épaule. MJ sortit son arme et tira, blessant Tim à la jambe. Il prit la fuite vers la forêt. MJ se précipita vers Cooper, utilisant une compresse pour arrêter l'hémorragie.

"Reste ici, je vais le rattraper" dit—elle.

Tim avait sectionné une artère. Cooper, pâlissant,saigna abondamment. MJ devait agir vite…

Du sang dans le miel

MJ courait à perdre haleine dans les bois, ses cheveux s'emmêlant aux branches, les brindilles griffant son visage et déchirant ses vêtements. Elle avait prévenu les secours, priant qu'ils arrivent à temps pour sauver Cooper.

Essoufflée, elle s'arrêta un instant, tendit l'oreille. Le silence régnait. Où pouvait-il être ? Soudain, une main surgit de l'obscurité et saisit sa taille.

"Viens, ma douce reine" murmura une voix rauque. C'était Kreger.

"Laisse mon fils, il est déjà loin. Nous ne sommes pas seuls, sais-tu ? Notre ruche est puissante et regorge d'ouvrières."

MJ sentit la lame froide d'un couteau effleurer son cou. Une main insidieuse glissa sous sa chemise et caressait ses seins… tandis que la lame du couteau glissait sur son cou, menaçante.

" Laisse-toi faire, ma belle reine. Tu vas goûter à la chaleur de mon miel. Ne te débats pas". Une piqûre douloureuse se fit sentir dans sa poitrine. « Non ! », pensa-t-elle, terrifiée. C'était une seringue… Bientôt, plongée entre le rêve et une réalité cauchemardesque, MJ se retrouva paralysée, consciente de tout, entendant chaque mot, voyant chaque mouvement. Kreger était là, nu, debout devant elle. Elle l'entendit psalmodier :

"Ô lumière céleste, ruche éternelle, accorde ta bénédiction à notre procréation. Gloire à ma reine nouvelle, offerte nue sous la lune éternelle.” Il s'allongea sur elle, la caressa lentement, l'embrassa. MJ, immobilisée, sentit des larmes jaillir de ses yeux, impuissante face à la souillure de son corps.

Prise au piège, une faible lueur d'espoir s'alluma en elle lorsqu'elle perçut des bruits lointains. Elle hurla intérieurement, mais aucun son ne sortit. Kreger, tel un animal avide et glacé, fut soudain interrompu.

Elle sentit son poids s'abattre brutalement sur elle, et avec lui, une odeur métallique de sang. Était-ce le sien ou celui de Kreger ? Puis, la voix de Cooper émergea du chaos. Il était là, couvert de sang.

“Il est mort ?” murmura-t-il, haletant. C'était fini, il ne lui fera plus de mal. Cooper retira le corps inerte de Kreger et couvrit MJ de son manteau. MJ, sous le choc, était incapable de parler. Elle tremblait en se remémorant l'horreur.

“ Mon Dieu, qu'est-ce qu'il t'a fait, ce monstre ?”gémit Cooper, la voix tremblante d'émotion. “Je suis désolé, je n'ai pas su te protéger… comme Suzanne…”

Les secours arrivèrent enfin, apportant avec eux la fin de cette nuit de terreur. Tremblante, MJ réussit à articuler quelques mots :

“Tim… la ruche… nouvelle reine… il m'a… je…”

“Calme-toi, MJ, je sais ce qu'il t'a fait... c'est fini, il est mort. Je suis avec toi. Je ne te lâcherai plus...”murmura Cooper, la prenant dans ses bras.

La chasse

Le calme environnant n'était qu'une illusion pour MJ, dont le chaos intérieur ne faiblissait pas.

Les secours, efficaces et compétents, semblaient appartenir à un monde dans lequel l'horreur qu'elle avait traversée n'était qu'un rêve lointain.

À l'hôpital, elle fut soignée par une équipe attentive de médecins et d'infirmières, tant sur le plan physique que psychologique. Cooper, son dévoué compagnon, ne la quitta pas un seul instant, devenant une présence rassurante et constante à ses côtés. Décidé à lui offrir une sécurité durable, il l'installa chez lui, espérant qu'elle pourrait trouver un semblant de paix.

Les années s'écoulèrent, lentes et lourdes, chaque jour s'ajoutant tel un poids sur la mémoire de MJ.

Elle luttait, s'efforçant de reconstruire sa vie en ruines avec le soutien indéfectible de Cooper, qui était son roc. Les souvenirs de cette nuit infernale s'immisçaient dans son quotidien comme des fantômes aimants et douloureux.

"MJ, il faut qu'on parle" proposa Cooper un matin, les yeux cernés de fatigue, assis à ses côtés. Son visage racontait l'histoire de trop nombreuses nuits sans sommeil.

"Parler de quoi ?" répondit-elle, sa voix éraillée par l'émotion.

" De tout ça, de lui, du passé, de toi... prends ton temps. Personne ne t'y oblige. Je resterai à tes côtés, peu importe le chemin. Nous affronterons cela ensemble."

Elle acquiesça, reconnaissant dans ses mots un profond engagement. Sa présence constante incarnait pour elle une promesse de stabilité au milieu de la tempête. Dans un élan de gratitude et d'amour, elle prit son visage entre ses mains.

" Cooper, tu es si fort. Tu n'imagines pas l'amour que tu portes en toi..." les larmes perlèrent dans les yeux de Cooper alors qu'il l'embrassait avec passion. Ses mains caressaient prudemment son corps. Elle tressaillit, un bref instant de crainte la traversant, souvenir de ce passé auquel chaque contact avait été une menace. Cooper s'interrompit, inquiet.

"Si tu ne veux pas, je comprendrai... "

"Non, viens" murmura-t-elle en passant ses bras autour de son cou.

Leurs corps s'enlacèrent dans un mélange d'amour ardent et de douleur partagée. Pour la première fois depuis longtemps, MJ se sentit revivre, maîtresse de son corps et de ses désirs. La nuit qu'ils passèrent ensemble fut une catharsis, une renaissance. Au petit matin, une pensée s'immisça dans son esprit, aussi glaciale que subite :

"Et si les paroles de Kreger ne relevaient pas de la folie ? Si un réseau secret, une organisation occulte, existait réellement autour de cette mystérieuse ruche ? Se dit—elle.

Les autorités avaient été alertées, et l'enquête pour démêler les fils de cette conspiration potentielle avait démarré.

Dans l'appartement de Kreger, on découvrit quantité de documents cryptiques et d'étranges inscriptions, témoignant d'une influence bien plus large qu'on ne l'aurait jamais imaginée. MJ réalisa qu'elle ne pouvait plus rester silencieuse, elle devait redéfinir son rôle. Plus une victime, mais un témoin déterminant dans une enquête de grande ampleur.

Elle comprit ainsi que cet événement tragique pouvait être un catalyseur, une force motrice pour découvrir la vérité et faire tomber ce qu'elle avait appris à redouter. Sous l'aide-patiente de psychologues, thérapeutes et Cooper, MJ se mit à parler lentement, à déposer son vécu.

À chaque mot libéré, elle ressentait à la fois une délivrance et un nouveau genre d'emprisonnement. Chaque révélation rendait la présence fantomatique de la ruche plus tangible. Les enquêteurs s'employaient à décoder les méandres des documents. Le mot « ruche » revenait obsédant, lié à des identités obscures et des lieux à travers le monde, laissant croire à l'existence d'une secte internationale manipulant les sociétés par des rites antiques et menaçants.

En reconnaissant en elle la peur qu'elle avait longtemps étouffée, MJ fit un serment intérieur : pour se libérer, elle aiderait à démanteler ce qui l'avait asservie. Collectant souvenirs et détails, parfois infimes, souvent cruciaux, elle devint un atout majeur pour l'enquête, resserrant les filets autour de la ruche.

Le chemin fut ardu, pavé de veilles inquiétantes et de confrontations avec des ombres indistinctes. Mais MJ découvrit en elle une nouvelle force, une résolution : pour retrouver la paix, elle devait poursuivre ses recherches.

Semaine après semaine, elle se transforma en collaboratrice indispensable pour les forces de l'ordre. La terreur laissée par Kreger et sa secte perdurerait par-delà cette nuit infâme, mais MJ bâtissait un avenir, et était libérée de leur emprise.

Elle ne serait plus jamais seule. Cooper restait à ses côtés, et de cette nuit sombre avait émergé une histoire d'amour qui la sauverait.

C'est ainsi que de nouveau le croissant de lune illumina le ciel dégagé, guidant une MJ transformée, plus forte et consciente, avançant sur le sol fracturé de sa nouvelle vie.

Elle avait un but et un seul, retrouver Tim et éclater cette putain de ruche !

Remerciements

Les réponses à nos questions sont souvent sous nos yeux depuis le début....Encore faudrait-il les ouvrir...

FSC
www.fsc.org
MIXTE
Papier issu
de sources
responsables
Paper from
responsible sources
FSC® C105338